Manfred Gerstendorf

Du stehst auch auf der Liste
Eine nicht ganz ernst gemeinte Kriminalgeschichte

[handwritten dedication]

Manfred Gerstendorf
Du stehst auch auf der Liste
ISBN 978-939665-58-8
1. Auflage, 2007

© docupoint Verlag • Maxim-Gorki-Straße 10 • 39108 Magdeburg
http://www.docupoint-md.de
Satz und Layout: Marco Borchardt
Umschlaggestaltung: Marco Borchardt
Titelfoto: www.photocase.de | copyrights by „hamsta"
Herstellung: docupoint GmbH, Magdeburg

Printed in Germany

Manfred Gerstendorf

Du stehst auch auf der Liste

Eine nicht ganz ernst gemeinte Kriminalgeschichte

Du stehst auch auf der Liste

„Die Heizungsfirma hat die zweite Mahnung geschickt. – Du solltest die 2.000 Euro endlich bezahlen." – Erika Süperkrüper steckte ihren Kopf durch die Tür zum Arbeitszimmer ihres Mannes. – „Muss sich noch gedulden, bin im Moment nicht flüssig", antwortete Heinrich Süperkrüper. – „'Im Moment' ist gut", sagte seine Frau, indem sie den Kopf wieder zurückzog, „der Moment ist doch immer." – Während sie das sagte, war sie schon fast wieder weg. Aber sie hatte ihre Rechnung ohne Heinrich Süperkrüper gemacht, auch „Heinrich der Löwe" genannt, weil er so gut brüllen konnte. „Meine liebe Erika", donnerte er, „ein Moment ist nur ein ganz kurzer Augenblick, 'Minutotschka – ein Minütchen' sagen die Russen dazu. – Das kann nicht immer sein!"

Erika hatte sich schon längst zurückgezogen. Sie kannte die Predigten ihres Mannes. – „Ob im Moment oder für immer", murmelte sie so, dass er es nicht hören konnte, „du bist so was von pleite, dass sogar schon die Kredithaie einen Bogen um dich machen. Das ist so, als wenn ein Geier sich weigert, ein Stück Aas zu fressen."

So gemein Erikas Bemerkung auch war – und dann auch noch hinterrücks – in der Sache hatte sie leider Recht. Heinrich Süperkrüper, Schriftsteller von Beruf, war pleite. Nicht, dass er ein erfolgloser Schriftsteller wäre. – Er kam durchaus an mit dem, was er schrieb, und hatte seine Leserschaft. Aber ihm fehlte der große Durchbruch. Seine Bücher wurden gedruckt und auch gekauft, aber Heinrichs Konto verbuchte auf der Sollseite immer höhere Zahlen als auf der Habenseite, und das in einem solchen Missverhältnis, dass die Banken anfingen, sich Sorgen zu machen und sich nach seinem Gesundheitszustand zu erkundigen.

Heinrich Süperkrüper war 57 Jahre alt, 1.69 groß, seine Haare, die früher einmal dunkelblond gewesen waren, standen ihm in einer Mischung aus grau und schimmelig zu Berge, und ein strubbeliger grauer Bart zeigte an, in welche Richtung es mit der Haarfarbe demnächst gehen würde. – Der Bart wird ja immer etwas eher grau als die Haare.

Dass er einen Bauch hatte wie eine schwangere Frau im siebten Monat, kümmerte ihn nicht weiter. „Ich bin nur etwas zu klein für mein Gewicht", pflegte er auf die ständigen Anspielungen seiner Frau zu antworten, oder: „Freu dich doch, dass es mir schmeckt! – Ein Appetitloser in der Familie reicht doch!"

Erika Süperkrüper kam in der Tat mit einem Bruchteil der Nahrungsmenge aus, die Heinrich in sich hineinstopfte. – Um seine Gefräßigkeit zu bremsen, hatte sie vor Jahren die Abendmahlzeit abgeschafft, was dazu geführt hatte, dass Heinrich abends beim Fernsehen noch einen kleinen Imbiss zu sich nahm. – Die Betonung liegt auf „klein". – Er ging dabei nach der Devise vor:"In der Not schmeckt die Wurst auch ohne Brot." - Und Heinrich war oft in Not.

Seine Frau verbrachte von den 24 Stunden, die der Tag hat, 22 vor dem Fernseher und war für ihren Mann nur selten zu sprechen. Die Statistik hat ja ausgerechnet, dass das Durchschnittsehepaar 12 Minuten pro Tag miteinander spricht, und da lagen Heinrich und Erika gut im Rennen. Mal waren es nur 10 Minuten, gelegentlich, wenn sie sehr gesprächig waren, kamen sie auch auf 20 Minuten.

Aber was sollten sie auch miteinander besprechen? – Abgesehen davon, dass Erika sich für Heinrichs Schriftstellerei nicht interessierte: Bei jedem Thema, das der eine anschnitt, verdrehte der andere schon beim zweiten Satz die Augen.

Heinrich war Münzsammler. Ständig faselte er von Sonderprägungen, Restauflagen und Kursmünzensätzen. Einmal zeigte er seiner Frau eine Münze, die in ihren Augen ein ganz normales 5 – Cent – Stück war, und war beleidigt, dass sie die Besonderheit, dass es sich um eine slowenische 5 – Cent – Münze handelte, die es noch gar nicht gab, nicht bemerkte.

Erika war leidenschaftlicher Hundefan. Wenn sie einen Hund aus zehn Metern Entfernung sah, konnte sie definitiv feststellen, welcher Rasse und, gegebenenfalls, welcher Seitenlinie dieser Rasse der Hund angehörte, welche Rasse vor drei Generationen eingekreuzt worden war, und welche Kinderkrankheiten der Hund gehabt hatte. Heinrich fand das zum Kotzen. Er konnte einen Schäferhund gerade mal von einem Dackel unterscheiden und hielt dieses Wissen für völlig ausreichend.

Heinrich, der früher Lehrer gewesen war, hatte sich mit 55 pensionieren lassen, weil er, wie er es auszudrücken pflegte, „keine Lust mehr hatte, bei fremder Leute Blagen das auszubügeln, was die Eltern versäumt haben." Ungefähr zur selben Zeit hatte er seine schriftstellerische Begabung entdeckt. Ein bisschen spät zwar, aber seine Cousine aus Magdeburg pflegte immer zu sagen: „Fontane hat erst mit 70 angefangen." Er hatte eine kleine Sammlung von Erzählungen verfasst, sie spaßeshalber einem Verlag zugeschickt und staunte nicht schlecht, als er eines Tages von dem Verlag die Nachricht bekam, dass sein Buch gedruckt würde.

Später legte sich die Begeisterung wieder, als sich herausstellte, dass das Buch jetzt zwar gedruckt war, dass der Buchhandel aber überhaupt kein Interesse hatte, es auch zu verkaufen. Die Großhändler hatten es nicht in ihrem Repertoire, und eine Bestellung beim Verlag war den meisten Buchhändlern zu umständlich. Heinrich versuchte den Verkauf in Gang zu bringen, indem er selbst die Buchhändler belieferte. Einige Buchhändler zeigten auch Interesse, aber Heinrich musste sich ständig darum kümmern, und wenn er mal zwei Wochen lang in einer Buchhandlung nicht erschienen war, hatte der Buchhändler das Buch schon wieder von seinem ursprünglichen Platz, an dem es für die Kunden leicht zu finden gewesen war, entfernt und es irgendwo in einem Regal versteckt, wo es natürlich keiner mehr sah.

Ein Buchhändler unterschied sich wohltuend von allen anderen: August Rawens. – Er war 1.97 groß, mit Armen und Beinen, die allein schon so lang waren wie bei anderen der ganze Körper, und mit denen er nie wusste, wohin. Wenn er stand, die Beine leicht eingeknickt, den Oberkörper gebeugt, den Kopf aber nach oben gerichtet, sah er aus wie ein lebendes Fragezeichen. Die einzige Frage, die dieses Fragezeichen stellte, hieß: „Wie bewege ich nur meinen Körper, ohne dass ich selbst oder andere ständig darüber stolpern?"

Wenn er in seiner Buchhandlung tätig war und gerade einen Stapel Bücher von einer Ecke in die andere transportierte, und wenn dann die Ladentür aufging und ein Kunde hereinkam, erschrak August, und die Bücher machten sich selbstständig und sausten als fliegende Untertassen kreuz und quer durch den ganzen Laden.

Wenn ein Kunde August Rawens nach irgendeinem Buch fragte, kriegte er eine so erschöpfende Antwort, dass er meistens, wie in dem Loriot – Sketch, nach einiger Zeit sagte: „So genau wollte ich es gar nicht wissen." – Und August antwortete dann, auch ähnlich wie

Loriot: „Nein, nein. – Nachher kaufen Sie das Buch und es gefällt Ihnen nicht und Sie sagen, ich hätte Sie nicht richtig informiert."

Computer und andere moderne Technik waren ihm fremd. Er wusste auswendig, welche Bücher er in seinem Laden hatte, und er wusste auch, wo sie zu finden waren.

Für den Außenstehenden sah der Laden aus wie das perfekte Chaos: Bücher, Bücher, Bücher – die Wände alle voll, die Fenster, die eigentlich Schaufenster waren, so voll, dass man vor lauter Bäumen den Wald nicht mehr sah, alle Stühle im Laden voll mit Bücherstapeln, freistehende Bücherstapel bis unter die Decke. – Aber wenn man August Rawens nach einem bestimmten Buch fragte, kam er in den meisten Fällen nach spätestens fünf Minuten mit dem gewünschten Buch und übergab es dem Kunden.

Heinrich und August verband eine langjährige Freundschaft – eine Freundschaft zu beiderseitigem Nutzen: Heinrich war Augusts bester Kunde, und August besorgte jedes Buch, das Heinrich brauchte, und wenn er es persönlich aus dem Ausland herbeischaffen musste.

Als Heinrich dann selbst unter die Schriftsteller ging, machte August sofort ein Schaufenster für ihn frei, präsentierte Heinrichs Bücher so, dass der Kunde sie sehen musste, und schreckte auch vor persönlichen Empfehlungen nicht zurück.

Joe Ürküs war der Playboy schlechthin: 50 Jahre alt, groß, schlank, die Haare geföhnt und gestylt wie eine Hollywooddiva – mit einem Wort: „Ein Mann, von dem die Frauen träumen", wie Loriot sagen würde.

Er war Single, aber er war nie allein. Er hatte fast immer eine blonde, brünette oder schwarze langhaarige Frau, doppelt so jung wie er selbst, neben sich in seinem offenen Porsche sitzen, und wenn man mal ein paar Tage nicht so genau hingeguckt hatte, war es schon wieder eine andere.

Es war gar nicht so leicht zu sagen, was die Frauen so anzog, denn der Porsche allein macht es ja auch nicht, und es war auch nicht klar, was sie so schnell wieder von ihm wegzog, denn es war durchaus nicht so, dass er ihnen den Laufpass gegeben hätte. – Nein, sie zogen sich von selbst zurück.

Was ihn so attraktiv machte, war sein beruflicher Erfolg. – Ürküs war Schriftsteller, und zwar Bestsellerschriftsteller. – Eine Woche nach Erscheinen stand sein Buch auf Platz acht der Bestsellerliste und kletterte von da aus manchmal sogar noch ein paar Plätze nach oben, bevor es langsam wieder absackte. Aber noch bevor es sich langsam dem Platz 20 näherte, stieg er oben schon wieder mit einem neuen Buch ein, sodass er meistens mit zwei Büchern auf der Liste vertreten war.

Wenn man ein Buch von ihm las, fragte man sich: „Warum ist dieses Buch jetzt auf der Bestsellerliste?" – Es war ganz nett zu lesen, aber eigentlich nichts Besonderes. – Aber es heißt ja auch „Bestseller" und nicht „Bestreader". Wenn zehntausend Exemplare eines Buches verkauft worden sind, weiß man ja noch nicht, ob, außer dem Exemplar für den Korrekturleser, auch nur ein einziges gelesen wird. – Oder glaubst du, lieber Leser, dass das Jesusbuch des Papstes von allen seinen Käufern gelesen wird?

Heinrich Süperkrüper, der die Bücher von Joe Ürküs gelegentlich las, fand, dass sie wesentlich schwächer und oberflächlicher waren als seine eigenen. – Bei den Verkaufszahlen allerdings konnte er mit Ürküs nicht mithalten. Wenn er ein Zehntel von dessen Auflage erreichte, war er schon zufrieden.

Joe Ürküs war nicht als Erfolgsschriftsteller geboren worden. Sein beruflicher Werdegang war ziemlich chaotisch. – Eine abgebrochene Ausbildung nach der anderen, eine versemmelte Prüfung nach der anderen. Irgendwann kam Ürküs auf die Idee, Schriftsteller zu werden. – Aber ein Schriftsteller braucht auch Leser, und wo soll man die hernehmen? Es liest doch keiner mehr. Die Lehrer an den Gymnasien pflegten ihren Schülern mehrere Lektürevorschläge zu machen, und die Schüler sollten dann auswählen. – Jahrelang wunderten sich die Lehrer, warum die Schüler gerade eine bestimmte Lektüre auswählten und keine andere. – Bis sie des Rätsels Lösung fanden: Die Schüler wählten einfach immer die kürzeste Lektüre aus, damit sie nicht so viel lesen mussten.

Einem solchen Publikum soll ein Schriftsteller nun etwas anbieten. – Also leichte Kost und möglichst kurz. Aber auch kurze Geschichten brauchen eine Idee, und mit Ideen tat Joe Ürküs sich schwer. Deshalb fing er an, sich bei anderen Schriftstellern Ideen auszuleihen, die Formulierungen ein bisschen zu modifizieren und das Ganze als eigenes Werk zu verkaufen. Und da lag das Problem. Zum Verkauf gehören ein Verkäufer und ein Käufer, und dem Käufer muss man auch noch einreden, dass er das angebotene Produkt unbedingt braucht.

Wenn Joe Ürküs sich die Bestsellerlisten ansah, stellte er fest, dass es offensichtlich Schriftsteller gab, die massenweise Leute dazu bringen konnten, ihr Buch zu kaufen. Deshalb war er heilfroh, dass er eines Abends in einer Kneipe Peter Lindenthal kennen lernte, der in dem Unternehmen arbeitete, das die Bestsellerlisten erstellte. Peter Lindenthal erklärte ihm, dass die Bestsellerliste sich selbst reproduziert. Die Leute kaufen das Buch, weil es auf der Bestsellerliste steht.

Zu fortgeschrittener Stunde, als beide schon ordentlich einen intus hatten, vereinbarten sie ein Geschäft zu beiderseitigem Vorteil: Ürküs zahlte aus seinem damals noch schmalen Schriftstellereinkommen einen kleinen Obolus an Lindenthal, und dieser half bei der Ermittlung der Verkaufszahlen von Ürküs' Büchern etwas nach und verbesserte so ihre Chance, auf die Bestsellerliste zu kommen. Irgendwann war es dann so weit, und Joes neues Buch landete auf Platz 8 der Liste.

Erika Süperkrüper war ein Fan von Joe Ürküs. Nicht, dass sie seine Bücher besonders intensiv gelesen hätte, aber sie fand ihn als Mann faszinierend. Einmal neben Joe im offenen Porsche zu sitzen, und vielleicht auch ein bisschen mehr, das war ihr Traum. Die Bücher waren gar nicht so wichtig. Allerdings waren die Bücher der Weg, um an den Mann heranzukommen. Jeden Lesungstermin nahm sie wahr, um ihrem Idol nahe zu sein.

Nach einer solchen Lesung hatte Joe zum gemütlichen Gesprächskreis in eine Kneipe eingeladen. Erika war natürlich dabei. Je später der Abend wurde, desto kleiner wurde der Gesprächskreis. Schließlich waren Erika und Joe allein übriggeblieben. „Ja", sagte Joe, „was machen wir nun mit dem angebrochenen Abend? – Sollen wir das Lokal wechseln?" – „Ich habe heute Abend nichts mehr vor, mir ist alles recht", sagte Erika. – „Dann lade ich dich zu mir nach Hause ein", sagte Joe und merkte gar nicht, dass er vom „Sie" zum „du" übergegangen war. Nun kam Erika zu ihrer ersehnten Porschefahrt, wenn auch angesichts der Tages-, bzw. Nachtzeit nicht offen. Erika lehnte sich während der Fahrt an den Fahrer an und fand es sehr angenehm, dass er seinen Porsche einhändig steuerte und den anderen Arm um ihre Schulter legte.

In der Wohnung angekommen, griff Joe zur Fernbedienung des CD – Players, und im nächsten Moment erklang leise, gefühlvolle Musik. – „Was trinken wir?" fragte Joe. – „Wein, Sekt oder Champagner?" – „Champagner", antwortete Erika, als ob das die am leichtesten zu beantwortende Frage wäre, die sich ihr jemals im Leben gestellt hatte. ...

Zwei Stunden später: Erika und Joe lagen entspannt in Joes Bett und rauchten die Zigarette danach. „Hat es dir gefallen?" fragte Joe. – „Quatsch nicht", sagte Erika, „bring mich lieber nach Hause." – „Och, jetzt schon? – Wo es gerade so gemütlich ist? – Könntest du mir nicht erzählen, woran dein Mann gerade schreibt?" – „Wieso?" fragte Erika, „ich lese seine Bücher doch überhaupt nicht." – „Du liest die Bücher nicht, die dein Mann schreibt? – Das kannst du mir nicht erzählen." – „Es ist aber so." – „Ja, warum denn nicht?" – „Weil ich sie total langweilig finde ." – „Das sehe ich aber ganz anders." – Erika zog ein langes Gesicht. – „Müssen wir darüber reden? – Der Abend war so schön. Nun verdirb doch jetzt nicht alles!"

Sie einigten sich dann darauf, dieses Thema zu beenden und stattdessen nochmal zum Thema „l'amour" zurückzukehren.

Heinrich saß noch am Schreibtisch, als Erika um 4.00 Uhr morgens die Wohnung betrat und so wenig Lärm wie möglich zu machen versuchte. „Wieso bist du denn noch auf?" fragte sie.

„Und selbst?" fragte Heinrich süffisant zurück. – „Ich war auf einer Dichterlesung mit anschließender Gesprächsrunde." – „Na, das müssen anregende Gespräche gewesen sein." – „Worauf du dich verlassen kannst." – Damit war das Gespräch zwischen Heinrich und Erika, das nicht so anregend geworden war, beendet.

Er war ein Mann ohne Namen, ohne Adresse, ohne Telefonnummer, ohne Arbeitsstelle. Aber Arbeit hatte er, und zwar eine Arbeit, die nicht unbedingt einen Achtstundentag bedeutete und regelmäßig von morgens bis abends durchgeführt wurde, die aber trotzdem ihren Mann ernährte. Er war zuständig für „nasse Angelegenheiten", wie man das im Geheimdienstmilieu nennt. Niemand wusste, woher er kam. Möglicherweise war er nach dem Abzug der Sowjettruppen in Deutschland hängen geblieben, aber selbst das wusste man nicht genau. Die Polizei und der Verfassungsschutz suchten ihn, aber sie hatten einfach zu wenig Anhaltspunkte, um ihre Computermaschinerie auf ihn ansetzen zu können. Von Zeit zu Zeit passierte irgendwo in Germany ein unaufklärbarer Mord: Kein Motiv, keine Verdächtigen. Und wenn sich nach langer Ermittlung so gar keine Anhaltspunkte finden ließen, dann wusste man, er hatte wieder zugeschlagen: der Spezialist.

Heinrich Süperkrüper hatte einen Roman veröffentlicht mit dem Titel: „Das ungelegte Ei". – Es ging um die

Probleme von Erfindern, deren Erfindungen zum falschen Zeitpunkt kommen. Heinrich war wieder redlich bemüht, den Verkauf anzuleiern. Alles, was man so machen muss, um eine Neuerscheinung publik zu machen, hatte er unternommen: Berichte in der Presse, Interviews, Lesungen, Werbeanzeigen. – Der Verkauf lief an, überall in den Buchhandlungen war das Buch in den Schaufenstern zu sehen, aber der große Run auf die Buchhandlungen a la Harry Potter blieb aus. Der Verkauf dümpelte mehr schlecht als recht vor sich hin. Keine Aussicht für Heinrich, seine Schulden abzubauen und den Banken ein Argument zu liefern, das sie bewegen könnte, ihre geplanten Maßnahmen zur Eintreibung ihrer Außenstände nochmal zu verschieben.

Joe Ürküs saß am Schreibtisch und raufte sich die toupierten Haare. – Er hatte seinem Verlag zugesagt, dass er in vier Wochen sein neues Buch abliefern würde – und er hatte noch keine einzige Silbe geschrieben. Er war blockiert. Er hatte zwar eine todsichere Methode, aus jedem Manuskript, das er seinem Verlag schickte, ein gut verkauftes Buch zu machen, doch ein Buch zu verkaufen, das gar nicht geschrieben war, das kriegte selbst so ein Lebenskünstler wie Joe Ürküs nicht hin.

Die Frauen murrten schon: Joes sprichwörtliche gute Laune hatte merklich nachgelassen in den letzten Wochen. Welche Frau will schon neben einem schlecht gelaunten Schriftsteller im offenen Porsche durch die Gegend fahren?

Joe hatte einen Dauerauftrag bei seinem Buchhändler, der ihm alle Neuerscheinungen lieferte. So blätterte er gerade, nachdem er wieder stundenlang vor seinem leeren Computerbildschirm vor sich hingebrütet hatte, in dem neuen Roman von Heinrich Süperkrüper. „Das ungelegte Ei" lautete der Titel, und es ging da um die Abenteuer und Seelenqualen eines Erfinders, dessen Erfindung niemand haben will.

Plötzlich war es Joe, als löste sich das Brett von seinem Kopf: „Mensch, das ist es!"

Er las den ganzen Roman durch, und dann machte er sich an die Arbeit. Der Titel änderte sich: „Die Henne und das Ei" lautete er jetzt. Die Personen wurden etwas verändert, einige Details wurden weggelassen oder ergänzt, sodass niemand ihm das Plagiat nachweisen konnte. Einen Tag vor Ablauf der Frist lieferte er die CD mit seinem Computertext bei seinem Verlag ab, und eine Woche später war der Roman „Die Henne und das Ei" auf Platz 8 der Bestsellerliste, während die Vorlage, Heinrichs Roman „Das ungelegte Ei", gar nicht wusste, was eine Bestsellerliste ist.

Peter Lindenthal war für die Erstellung der Bestsellerliste zuständig. Er registrierte die Verkaufszahlen der einzelnen Titel und stellte dann die Liste zusammen: Aufsteiger, Absteiger, unverändert gebliebene Plätze, Bücher, die aus der Liste herausgefallen waren, und Bücher, die neu auf die Liste gekommen waren. Als das neue Buch von Joe Ürküs erschien, stellte Lindenthal fest, dass die Verkaufszahlen nicht reichten, um das Buch auf die Liste zu bringen. Getreu seiner Vereinbarung mit Ürküs kontrollierte er dann seinen Kontostand, und wenn er registrierte, dass eine Zahlung von hunderttausend Euro auf seinem Konto angekommen war, dann überprüfte er die Verkaufszahlen des Titels auf Platz 8. – Nun wusste Lindenthal, wie er die Verkaufszahlen von Ürküs' Buch zu manipulieren hatte, um den Titel von Platz 8 zu verdrängen. Auf der nächsten Liste erschien „Die Henne und das Ei" von Ürküs auf Platz 8.

Heinrich kaufte sich das Buch, fing an zu lesen – und traute seinen Augen nicht: Das Buch hatte einen anderen Titel als seins, einzelne Details waren etwas anders, aber es war s e i n e Geschichte. Heinrich überlegte, ob er Ürküs wegen Ideendiebstahls verklagen sollte, aber dann verglich er die Bücher nochmal und stellte fest, dass seine Idee in Ürküs´ Buch so geschickt umverpackt war, dass der Ideenklau nicht nachzuweisen sein würde.

Die Leipziger Buchmesse – ein Circus Maximus der Geschäftigkeiten. 2100 Verlage, und auf jeden Verlag kommen umgerechnet 50 Besucher, wobei man sich fragt: „Was wollen die alle da?" Also, wenn man sich die Leute anguckt: Mindestens 50% von denen können mit Sicherheit nicht lesen. Da laufen welche ´rum mit Schellen, wie Till Eulenspiegel, andere sind verkleidet und haben bemalte Gesichter. Vielleicht sind die wegen der Hörbücher gekommen oder wegen der vielen Menschen.

Die vielen Menschen kann man auch schon genießen, wenn man mit der Straßenbahn zur Messe fährt. Einen Vorteil hat die Sache: Man kann in der Bahn nicht umfallen. Bevor der Fahrer anfährt, lässt er die Bahn erst ein paar mal anrucken, damit die Massen etwas stärker zusammengepresst werden und die Fahrerkabine freimachen. So ähnlich ist es auch in den Messehallen, nur dass die Messehallen nicht anrucken können. Da gibt es eine Veranstaltung, die heißt „Das blaue Sofa". Da steht wirklich ein blaues Sofa, auf dem Autoren sitzen, die über ihr Buch befragt werden. Um das Sofa herum lagern die Zuhörer, und um

Sofa und Zuhörer herum wabert das Gegrummel der hunderttausend Messebesucher.

Ein Verlagsstand steht neben dem nächsten, eine Lesung jagt die nächste. Man kann nicht einfach gehen, wohin man will, sondern muss mit dem Besucherstrom mitschwimmen. Die Besucher latschen langsam an den Ständen vorbei, werfen flüchtig einen Blick auf das Angebot eines Verlages und sind auch schon wieder weitergelatscht. Einige Besucher scheren aus dem Strom aus, tun so, als ob sie das Angebot des Verlages näher studierten, gucken, ob keiner guckt, und nehmen sich schnell zwei Kugelschreiber aus dem Reklamekorb des Verlages mit.

Heinrich hatte seinen Verlag auf der Messe besucht und ein paar Messebesucher überredet, eins seiner Bücher zu kaufen. Immer wenn jemand eins seiner Bücher in die Hand nahm, gesellte er sich zwanglos dazu und sagte: „Wenn Sie Näheres über das Buch wissen wollen, können Sie mich fragen; das ist nämlich von mir." Die Reaktionen waren unterschiedlich. Einige sagten „aha!" und legten das Buch weg, andere zeigten Interesse, und wenn Heinrich dann noch anbot, das Buch persönlich zu signieren, hatte er meistens gewonnen. Dann musste der Verlagsmann bei der Messebuchhandlung anrufen, die fünf Meter um die Ecke war, und dann kam ein berittener Bote, ließ sich eine Quittung vom Verlagsmann ausschreiben, kassierte das Geld vom Kunden, und dann konnte der Kunde das von Heinrich signierte Buch an sich nehmen.

Joe Ürküs war unübersehbar und unüberhörbar auf der Messe vertreten. Er hatte eine Lesung nach der anderen, zwischen den Lesungen kam er mit dem Signieren kaum nach. In der Messebuchhandlung waren seine Bücher turmartig gestapelt, aber ehe man sich's versah, war der

Turm abgetragen.

Am Rande der Messe besuchte Heinrich eine Kneipe, um sich volllaufen zu lassen und den ganzen Trubel zu vergessen. Dabei kam er mit einem Messemanager ins Gespräch. Man unterhielt sich so über dies und das, und irgendwann kam die Rede auch auf den Erfolgsschriftsteller Ürküs. Heinrich gab seiner Verwunderung darüber Ausdruck, dass Ürküs dauernd auf der Bestsellerliste war. Da sagte sein Gesprächspartner: „Wissen Sie, warum? – Der kauft sich in die Liste ein. Platz 8 kostet 100000 Euro. Die Bestsellerliste reproduziert sich selbst. Die Bücher werden gekauft, weil sie auf der Liste stehen. Wenn Ürküs hundertfünfzigtausend Exemplare von seinem Buch verkauft und für jedes Exemplar nur einen Euro Autorenhonorar kriegt, hat er schon fünfzigtausend Euro Gewinn gemacht."

„Ja, aber die Registrierungen müssen doch kontrolliert werden!" – „Ja, wieso? – Die Summe von hunderttausend Euro lässt doch genügend Spielraum für eine Gewinnbeteiligung des Kontrolleurs." – Heinrich war sprachlos.

Wenn Heinrich so richtig frustriert war, dann genügte es nicht, dass er sich ordentlich einen auf die Lampe goss, sondern dann brauchte er auch noch einen Besuch im „Club Wilhelmine".

Der biedere Name täuschte. So bieder war der Club gar nicht, und die Mädels – Wilhelmine, Ernestine, Luise und Caroline – waren es erst recht nicht. Wenn sie die Kleider abgelegt hatten und nur noch hochhackige Schuhe und Strapse trugen, dann verwandelten sie sich in Mini, Tini, Isi und Lini, und dann konnte man nur noch sagen: „Oh, lala!"

Dabei war es gar nicht mal in erster Linie der Sex, der Heinrich anzog, sondern eher das ganze Drumherum: Die Mädels waren immer gut gelaunt, hatten immer Zeit für ihn und sagten nie: „Nee, heute nicht." Sie konnten Heinrich so richtig auf Vordermann bringen.

Diesmal hatte die Chefin sich persönlich um Heinrich gekümmert, und man war gerade zum gemütlichen Teil übergegangen. Heinrich und Mini saßen bei Kerzenschein auf dem Sofa und schlürften Champagner. Man sprach so über dies und das, und allmählich kam Heinrich darauf zu sprechen, wo ihn der Schuh drückte. „Stell dir mal vor", tobte er, „der steigt mit seinem geistigen Dünnschiss in die Bestsellerliste auf, während dieselben Leute, die seine Bücher kaufen, noch nicht mal wissen, dass es meine Bücher gibt, und jetzt klaut er mir mein Buch, und ich kann es ihm noch nicht mal nachweisen." Als er sich seinen ganzen Frust von der Seele geredet hatte, kam er zu dem Schluss: „Der muss weg!" Mini hüpfte vor Schreck ein Schlückchen Champagner aus dem Glas und perlte über ihren makellosen Körper . Heinrich, der das mit Behagen beobachtete, hatte schon seinen halben Frust vergessen, und es regte sich schon wieder etwas bei ihm. Mini sah es mit Vergnügen und sagte: „Lieber Heinrich, du kennst ja unser Motto: Frust vermeiden und Lust vermehren. Wir kümmern uns jetzt erst um Letzteres, und danach sprechen wir über dein Problem."

Gesagt – getan. Anschließend sagte Mini zu Heinrich: Mach dir mal keine Sorgen um dein Problem. Ich kümmere mich drum." – „Wie? Was soll das heißen, du kümmerst dich drum?" fragte Heinrich. Aber Mini legte den Zeigefinger der linken Hand an ihre hinreißenden Kusslippen und sagte nur: „Keine Fragen. Du wirst schon sehen."

Am selben Tag bekam Heinrich Süperkrüper einen Anruf. Das Display seines Telefons gab an: „Externanruf von Unbekannt. Nummer unterdrückt." Eine Stimme mit slawischem Akzent sagte: „Sie chaben Auftrrag fjurr Spezialist?" Heinrich war so perplex, dass er erstmal „Nein" sagte. Bevor er noch fragen konnte, was überhaupt los sei, und ob der Anrufer sich nicht verwählt habe, sagte Unbekannt: „In nächste Tage Sie kriegen Nachricht mit Nummer. Das ist Schweizer Nummernkonto. Darauf Sie überweisen Summe, das ich noch mitteile. Errste Chalfte soforrt, andere nach Erlädigung von Auftrrag." - Bevor Heinrich überhaupt „Ja, aber ..." sagen konnte, hatte Unbekannt schon aufgelegt.

Eine Woche später: Joe Ürküs' Buch, das nicht auf seinem Mist gewachsen war, kletterte von Platz 8 auf Platz 5 der Bestsellerliste. – Der Spezialist hatte auch eine Liste, eine Spezialliste sozusagen. Auf der strich er gerade den obersten Namen aus und schrieb mit Rotstift „erlädigt" darüber. Auf Platz 3 kam jetzt ein neuer Name: Joe Ürküs.

Noch eine Woche später: Joe Ürküs' Buch, das nicht auf seinem Mist gewachsen war, kletterte von Platz 5 auf Platz 2 der Bestsellerliste. – Der Spezialist strich auf seiner Liste wieder den obersten Namen aus und schrieb mit Rotstift „erlädigt" darüber. Joe Ürküs stand jetzt auch auf seiner Liste auf Platz 2.

Heinrich neigte dazu, das Ganze für einen dummen Scherz zu halten, doch dann kam die Nachricht mit der Nummer. Dabei lag ein Foto. Heinrich traute seinen Augen nicht: Joe Ürküs. Darüber war eine Zielscheibe gescannt. Die Zehn war genau zwischen den Augen von Ürküs.

Obwohl Heinrich in seinem ganzen Leben noch nichts

Kriminelles gemacht hatte, wusste er instinktiv: Foto und Nummer hatten sofort zu verschwinden – Das Foto sofort, die Nummer, nachdem er sie auswendig gelernt hatte. Das Foto zeriss er sofort in kleine Stücke und verbrannte diese in einem eisernen Aschenbecher. Mit der Nummer dauerte es etwas länger. So gut war Heinrichs Zahlengedächtnis auch nicht mehr. Er hatte schon Schwierigkeiten, sich seine Kontonummer und die Geheimzahl zu merken. Mit der Kontonummer, das war ja nicht so schlimm, die konnte man ja notfalls nachgucken. Aber die Geheimzahl! Die sollte man ja eigentlich vernichten. Aber Heinrich befürchtete, dass er sie vergessen würde, und bewahrte sie deshalb an einem geheimen Ort auf.

Das neue Geheimnisproblem stellte ihn vor ungeahnte Schwierigkeiten. Er löste sie, indem er die Zahl verschlüsselte: Zuerst kehrte er die Reihenfolge der Ziffern um. Dann zog er die Reihe auseinander und setzte Fremdzahlen zwischen die Ziffern, und zwar linear mehrstelliger werdend. Zwischen Ziffer 1 und 2 eine beliebige andere Ziffer, dann zwei, dann drei u.s.w..

Das nächste Problem, das Heinrich siedend heiß einfiel, war das finanzielle. Wie hoch oder niedrig die Summe, die er zu zahlen hatte, auch immer sein würde: Er war doch pleite!

Als letzte Rettung in der Not fiel ihm ein, dass er noch eine Lebensversicherung hatte, die er verkaufen konnte. Eine Woche später überwies Heinrich die erste Hälfte der verlangten Summe.

Der Spezialist begann mit der Vorbereitung seines Einsatzes. Er rief zu verschiedenen Tageszeiten bei Ürküs an, um festzustellen, wann er zu Hause war und wann unterwegs. Das Telefon klingelte dann bei Joe, und wenn er abnahm, war niemand dran. Wenn Joe das Haus verließ, folgte ihm ein Schatten, ohne dass er es merkte: mit dem Auto, zu Fuß, mit dem Fahrrad, auf Inlineskates und in der U – Bahn.

Erika Süperkrüper sah in letzter Zeit gar nicht mehr so viel fern. Heinrich sah sie jetzt öfter mal mit einem Buch. Irgendwann fand er das so ungewöhnlich, dass er sie fragte: „Was liest du da eigentlich?" – „'Die Henne und das Ei', den neuen Bestseller von Joe Ürküs – umwerfend!" – „Aha, interessant. Sag mal, hast du auch schon einen Blick in mein neues Buch geworfen?" – „Wie, hast du auch eins geschrieben?"

Heinrich sagte nichts. Er kriegte eine puterrote Birne und verließ den Raum. Dass Erika noch sagte: „Und wenn schon. – Die Bücher von Joe Ürküs sind viel spannender als deine", kriegte er schon gar nicht mehr mit. Ihm reichte es auch so.

Er war kurz davor gewesen, den Auftrag für den Spezialisten zu stornieren, weil ihn Skrupel befallen hatten. Er wusste zwar noch nicht so richtig, wie er bei der Stornierung vorgehen müsste, aber er dachte sich schon, dass der Kontakt über Mini zu laufen hätte. Jetzt war er endgültig entschlossen: Der Auftrag wird nicht storniert. Er m u s s durchgeführt werden.

Inzwischen war „Die Henne und das Ei" auf Platz 1 der Bestsellerliste geklettert. – Auch der Spezialist nahm wieder seine Liste zur Hand: Er konnte wieder einen Namen als „erlädigt" streichen. Damit war Ürküs auch bei ihm auf Platz 1 aufgestiegen.

Heinrich betrat die Buchhandlung von August Rawens. August jonglierte gerade wieder mit einem Bücherstapel, als die Tür aufging und Heinrich hereinkam. August, der wie gewöhnlich zusammengezuckt war, konnte diesmal den größten Teil des Stapels retten. Nur zwei Bücher machten sich auf die Reise durch den Laden, wobei das eine haarscharf an Heinrichs Kopf vorbeiflog.

August kam gleich auf den neuen Bestseller von Joe Ürküs zu sprechen: „Sag mal, der hat doch von dir abgeschrieben." Heinrich wiegelte ab: „Das habe ich zuerst auch gedacht, aber nach genauerem Vergleich bin ich zu dem Ergebnis gekommen, dass wir wohl beide zum selben Zeitpunkt dieselbe Idee gehabt und die in sehr ähnlicher Form realisiert haben."

August wurde ärgerlich: „Ich habe seit vierzig Jahren mit Büchern zu tun, und ich weiß, ob zwei Bücher sich nur ähnlich sind, oder ob einer vom anderen abgeschrieben hat. Allerdings schlau gemacht, das muss man ihm lassen. Aber nicht schlau genug für den schlauen August."

Heinrich, der für kurze Zeit mit dem Gedanken gespielt hatte, seinen besten Freund einzuweihen, diesen Gedanken dann aber wieder verworfen hatte, blieb stur: „Ich glaube nicht, dass er abgeschrieben hat, wenn auch die Tatsache, dass er mit einem Buch, das meinem so ähnlich ist, hundertmal mehr Erfolg hat als ich, sehr ärgerlich ist. Aber das kennen wir ja schon."

August beruhigte sich wieder: „Wenn es dich nicht stört. – Mir kann es ja nur recht sein, wenn ich viele Bücher von ihm verkaufe." Dann versteifte er sich plötzlich, seine Augen blickten starr geradeaus, und er sagte mit leiser, aber vor Wut vibrierender Stimme: „Und er hat doch abgeschrieben."

Die evangelische und die katholische Kirche hatten seit Jahren einen erheblichen Mitgliederschwund zu verzeichnen. Die Leute hatten keine Lust mehr, sich jeden Monat zusätzlich zur Steuer und zum Soli einen weiteren Betrag von ihren Löhnen und Gehältern abziehen zu lassen, nur damit sie nachher kirchlich beerdigt würden, wofür sich die Kirche nochmal extra bezahlen ließ. Es hatte sich herumgesprochen, dass der nichtkirchliche Beerdigungsredner seine Sache genau so gut und manchmal sogar besser machte als der Pastor.

So schnurrte das Budget der Kirchen zusammen, und die abnehmenden Einnahmen mussten durch Einsparungen und durch neue Einnahmequellen aufgefangen werden. Deshalb fing man an, Gemeinden zusammenzulegen und nicht mehr benötigte Gotteshäuser zu entweihen und zu verkaufen. Eine solche umfunktionierte Kirche war die „Erlebniskirche", noch im Besitz der Kirche und liebevoll restauriert, aber zu vermieten für nichtkirchliche Veranstaltungen.

Joe Ürküs hatte eine Lesung in der „Erlebniskirche", veranstaltet vom Buchhändler der Stadt und bis zum letzten Platz ausgebucht von Besuchern, die entweder Joe Ürküs sehen oder seine Stimme hören oder sich ihre Bücher von ihm signieren lassen wollten.

Der Buchhändler war ein guter Organisator, aber ein schlechter Redner. Er trat von einem Bein auf das andere und hoffte, dass das Mikrofon nicht funktionieren würde. Aber es funktionierte erbarmungslos. Seine zaghaften Klopfer wurden als gewaltige Hammerschläge in den Kirchenraum übertragen, der ohnehin eine so gute Akustik hatte, dass man fast auf das Mikrofon hätte verzichten können.

„Meine sehr verehrten Damen – äh – und Herren", sagte er, und der Schweiß brach ihm aus, „wir freuen uns, ich natürlich auch – äh, dass Joe Ürküs, ich hoffe, dass er gleich kommt, ach so, er ist ja schon da, dass Joe Ürküs, ach, was wollt´ ich denn jetzt sagen, also dass Joe Ürküs hier in dieser herrlichen Erlebniskirche uns ein Erlebnis beschert ..." – Die ersten Zuhörer wurden unruhig. Füße scharrten nervös auf dem Fußboden, Zurufe wurden laut: „Lass es, du kriegst es nicht hin!" Der Buchhändler kriegte eine rote Birne, verhaspelte sich noch mehr und rettete die Situation, indem er sagte: „Ach, wissen Sie was, ich übergebe mich jetzt..."– Schallendes Gelächter. – „Äh – ich übergebe jetzt das Mikrofon an meinen Gast."

„Na endlich", raunte es aus dem Zuschauerraum.

Joe Ürküs lächelte gönnerhaft in die Runde, zog mit einem kleinen Kamm nochmal die sorgfältig gelegten Wellen seiner Künstlermähne nach und fing an zu plaudern. Das Ganze war mit angenehm säuselnder Musik unterlegt. Zwischendurch sagte er gelegentlich: „Ich lese gleich", las aber gar nicht, sondern erzählte in flüssigem Ton – der Buchhändler erblasste vor Neid – nette kleine Nichtigkeiten, die mit seinem Buch überhaupt nichts zu tun hatten.

Eine schwerhörige Frau stand auf und sagte: „Also, wenn hier nicht gelesen wird, dann gehe ich jetzt." Süffisant antwortete Ürküs: „Meine Dame, ich lese gleich, aber wenn Sie Wichtigeres vorhaben, dann will ich Sie natürlich nicht davon abhalten." Die Frau verließ mit hochrotem Kopf die Kirche, und das Publikum quittierte den Vorfall mit gutmütigem Gelächter.

Irgendwann las er dann doch noch, und zwar Stellen, die mit dem eigentlichen Thema des Buches nicht viel zu tun hatten, die aber so geschickt ausgewählt waren, dass jeder zweite Zuhörer meinte, er würde etwas vom wahren

Leben verpassen, wenn er dieses Buch jetzt nicht kaufte. Der Buchhändler rieb sich heimlich die Hände, als sich vor dem Verkaufstisch eine Schlange bildete. Schlauerweise hatte er gleich ein paar alte Ladenhüter mit angeboten – Bücher von Ürküs aus der Zeit, als er noch kein Bestsellerautor gewesen war. Die gingen im Eifer des Gefechts auch gleich mit weg. Nach demselben Rezept sind auch alte Bücher von Henning Mankell neu aufgelegt und im Zuge der Mankellbegeisterung mit verkauft worden.

Dann kam die Fragestunde. In den Zeiten des pädagogischen Optimismus wurde der Satz geprägt: „Es gibt keine dummen Fragen." Diese Fragestunde war eine Gelegenheit, bei der dieses Vorurteil glänzend widerlegt wurde. „Kaufen Sie selber auch Bücher von der Bestsellerliste?" – „Lesen Sie Ihre Bücher selbst?" – „Wann kommen Ihnen die besten Ideen – beim Porsche fahren oder zu Hause?"

Keiner stellte die entscheidende Frage. – Doch! August Rawens stellte sie. Mühsam schraubte er seine 1.97 aus dem unbequemen Stuhl der Erlebniskirche und fragte: „Wie erklären Sie sich die frappierenden Ähnlichkeiten Ihres Buches mit Heinrich Süperkrüpers Buch 'Das ungelegte Ei'?" – Ürküs antwortete: „Ich habe Süperkrüpers Buch gelesen, aber erst, nachdem ich meins geschrieben hatte. Die Ähnlichkeiten sind rein zufällig." – „Zufällig?" August Rawens fing an, mit den Armen zu fuchteln, wobei er einigen Lesungsgästen gefährlich nahe kam. „In Ihrem Buch steht auf Seite 223: 'Jetzt hatte er das technische Problem gelöst, an dem er seit Jahrzehnten herumgetüftelt hatte.' – In Süperkrüpers Buch steht auf Seite 186: 'Jetzt hatte er das technische Problem gelöst, mit dem er sich jahrelang herumgeschlagen hatte.' Für den Fall, dass jemand hier noch nicht weiß, worum es geht, sage ich es deutlicher: Sie haben von Süperkrüper abgeschrieben. Und weil keiner Süperkrüpers Bücher liest, ist in dieser ganzen dämlichen Erlebniskirchengesellschaft niemand, dem der Schwindel aufgefallen wäre. Ich heiße mit Vornamen August, aber glauben Sie nicht, dass ich auch ein dummer August bin. Ich habe Ihre krummen Touren durchschaut. Und das ist nicht das erste Mal, dass Sie sowas machen."

Unter den Zuschauern war Unruhe entstanden. Ürküs wurde heiß und kalt und von seiner zur Schau getragenen Nonchalance war nichts übriggeblieben. – Da kamen zwei kräftig gebaute Männer, hakten August Rawens links und rechts unter und führten ihn aus der Kirche.

Ürküs fand seine Balance wieder, entschuldigte sich für den Vorfall und zog sich in die Sakristei zurück.

Heinrich war in der Bredouille: Er musste sich ja sogar noch bei August bedanken. Er konnte ihm doch nicht sagen, wie denkbar ungelegen ihm Augusts Auftritt kam und welche Angst er hatte, dass die Angelegenheit von den Medien aufgegriffen wurde und allgemeines Aufsehen erregte. Aber er hatte sich umsonst Sorgen gemacht. Keine Zeitung schrieb über den Vorfall, und am nächsten Tag hatten ihn alle, außer den drei Betroffenen, vergessen.

Der Spezialist hatte die Ausspähung seiner Zielperson abgeschlossen. Er hatte herausgefunden, dass Joe Ürküs regelmäßig abends bis um 20.00 Uhr an seinem Schreibtisch zu sitzen pflegte. Um Punkt 20.00 Uhr erhob er sich von seinem Schreibtisch, setzte sich in seinen Fernsehsessel und guckte sich die Tagesschau an. Der Spezialist hatte sich einen Beobachtungspunkt in einem hundert Meter entfernten Haus gesucht, in dem gerade eine Wohnung frei geworden war. Er ging nach dem alten Spähermotto vor: Viel sehen, ohne selbst gesehen zu werden.

Durch das Zielfernrohr seines Präzisionsgewehrs konnte er Ürküs genau sehen, ohne dass dieser überhaupt ahnte, dass er beobachtet wurde. Abend für Abend hockte der Spezialist auf seinem Posten und studierte das Verhalten seiner Zielperson.

An diesem Abend führte er ein fiktives Gespräch mit seinem hundert Meter entfernten Gegenüber: „Guck dir in Ruhe deine letzte Tagesschau an. Den nachfolgenden Krimi siehst du nicht im Fernsehen, sondern erlebst ihn als Hauptdarsteller selbst. Tut mir Leid, dass ich mich von dir verabschieden muss. Eigentlich habe ich gar nichts gegen dich."

Heinrich wurde von Tag zu Tag nervöser. Er war von Skrupeln geplagt. Worauf hatte er sich da eingelassen? – War das die Sache wert? – Mit welchem Recht konnte er nach dieser Aktion – immer vorausgesetzt, sie würde erfolgreich durchgeführt, ohne dass er damit in Verbindung gebracht werden konnte – noch den moralischen Anspruch erheben, Bücher zu schreiben, die dazu beitragen sollten, anderen Menschen das Leben lebenswert zu machen, er, der Auftraggeber eines gewissenlosen Killers, auch wenn er den Auftrag nicht persönlich erteilt hatte? – Wie abhängig würde er nach der Tat von dem Täter sein?

Erika, die merkte, dass Heinrich anders war als sonst, sagte: „Was ist mit dir? – Das macht dich doch sonst nicht so fertig, dass du keinen Erfolg mit deinen Büchern hast."

Heinrich winkte ab: „Vertief du dich nur in deinen Bestseller und mach dir um mich keine Sorgen. – Hast du doch sonst auch nicht getan."

20.00 Uhr – Joe Ürküs stand von seinem Schreibtisch auf, griff zur Fernbedienung, schaltete den Fernseher ein, und beim Gong der Tagesschau saß er in seinem Fernsehsessel.

Der heutige Tag war unerfreulich gewesen. Sein Verlag hatte das nächste Manuskript angemahnt und sich geweigert, vor dessen Ablieferung den vereinbarten Vorschuss zu zahlen. Der Porsche stand in der Werkstatt. Es lief auf eine länger dauernde Reparatur hinaus. Die derzeitige Porschebeifahrerin hatte sich schmollend von ihm zurückgezogen, und eine neue war nicht in Sicht. Wie denn auch? – Ohne Porsche.

Die Tagesschaumeldungen waren teils unerfreulich, teils langweilig, teils beides, wie immer. Wieder ein Selbstmordattentat im Irak, wieder eine treuherzige Erklärung von Ulla Schmidt über die angeblichen Erfolge der Gesundheitsreform, wieder eine heiße Beschwörungsrede von Verteidigungsminister Franz Josef Jung (Jetzt hätte ich doch fast „Strauß" geschrieben.), der die Entsendung der deutschen Tornados nach Afghanistan zu einem unverzichtbaren Beitrag zum Wiederaufbau dieses Landes erklärte und auch noch so tat, als ob er das selber glaubte. Andererseits, nachdem sein Vorgänger behauptet hatte, Deutschland werde am Hindukusch verteidigt, hatte diese Lüge nichts Sensationelles mehr.

Die Bundeskanzlerin tat nach dem G8 – Gipfel von Heiligendamm so, als ob unter ihrer Leitung jetzt alle Probleme gelöst worden seien.

Joe Ürküs gähnte und fuhr sich mit den Fingern der rechten Hand durch die ondulierten Haare. Er ließ seinen Blick vom Fernseher abschweifen und durch sein großzügig geschnittenes Arbeitszimmer gleiten. Rechts von ihm ein Panoramafenster, das die ganze Querfront einnahm, vor dem Fenster ein massiver Eichenholzschreibtisch, fast so breit wie das Fenster, links eine Sitzgarnitur mit einem niedrigen Glastisch. Vor ihm der neue Plasmafernseher, der auch nicht viel kleiner war als das Panoramafenster. Neben und unter dem Fernseher DVD – Recorder und HIFI – Anlage vom Feinsten. Ja, so ließ sich`s leben, dachte er und hatte den Ärger über den unerfreulichen Tag schon fast vergessen.

Der Spezialist guckte angestrengt durch sein Zielfernrohr. Der Zeigefinger der rechten Hand ruhte am Abzug. Er hatte sein Ziel im Visier. - Jetzt. - Ruhig zog er den Abzug durch. Der Schalldämpfer reduzierte den Knall auf ein „plopp" – noch nicht mal so laut, wie wenn jemand mit der Zeitung eine Fliege erschlägt.

Joe Ürküs, der bei der Tagesschau müde geworden war, ließ die Fernbedienung fallen. Er bückte sich, um sie wieder aufzuheben. In diesem Moment hörte er ein Geräusch vom Fenster her und spürte einen scharfen Luftzug über seinen Kopf hinweggehen. Instinktiv ließ er sich auf den Fußboden fallen und blieb da erstmal liegen. Angestrengt lauschte er nach irgendwelchen verdächtigen Geräuschen, konnte aber keine ausmachen. Vorsichtig stand er auf und besah sich den Schaden. In der Fensterscheibe war ein erbsengroßes Loch. Joe brauchte erstmal ein paar Minuten, um sich von seinem Schreck zu erholen und sich klarzumachen, was passiert war: Es war auf ihn geschossen worden!

Der Spezialist brauchte auch ein paar Minuten, um sich von seinem Schreck zu erholen: Er hatte danebengeschossen. Das heißt, er hatte genau geschossen, nur das Ziel hatte sich im Moment des Schusses wegbewegt. Das Ergebnis war aber dasselbe, als wenn er schlecht gezielt hätte, und das hatte der Spezialist gar nicht gern. Schließlich hatte er einen Ruf zu verlieren: Der Spezialist braucht nur einen Schuss, um sein Ziel zu treffen.

Für heute war die Sache aber gelaufen. Deshalb räumte der Spezialist erstmal das Feld.

Joe Ürküs rief die Polizei. Die Kripobeamten kamen kurz darauf, stellten fest, dass Ürküs unverletzt war, und begannen mit ihren üblichen Routinearbeiten. Sie inspizierten das Loch in der Fensterscheibe und fingen an, das Projektil zu suchen. Sie fanden es dann in der Holzvertäfelung der gegenüberliegenden Wand.

Am nächsten Morgen stand die Meldung in der Zeitung: „Mordanschlag auf den Schriftsteller Joe Ürküs!" Die Schlagzeile lautete: „Die Fernbedienung des Fernsehers rettete ihm das Leben."

Heinrich Süperkrüper fiel ein Stein vom Herzen, als er die Meldung las. Sofort ließ er Mini eine Nachricht zukommen, dass der Auftrag zu widerrufen sei. Der Todesbeauftragte konnte mit einem halben Erfolgshonorar für einen Misserfolg zufrieden sein.

Kommissar Meyer von der Kripo und sein Kollege Dugenhubel meldeten sich im Laufe des Tages bei Joe Ürküs. Meyer war ständig erkältet, putzte sich die Nase und hustete vor sich hin. Dugenhubel war immer bemüht, den Bazillen, die Meyer um sich schleuderte, auszuweichen. Immer, wenn man ihn irgendetwas fragte, pflegte er zu antworten: „Kein Thema."

Meyer begann das Gespräch mit Joe Ürküs: Herr Ürküs, ich weiß, dass Sie unseren Kollegen schon alles erzählt haben, aber ich hätte doch gerne nochmal den Originalbericht von Ihnen."

Zu seinem Kollegen gewandt, sagte er: „Dugenhubel, schreiben Sie mit?" - „Kein Thema", antwortete Dugenhubel wie aus der Pistole geschossen und wandte sich dann schnell ab, denn bei Meyer kündigte sich eine neue Hustenattacke an.

Ürküs, der sein inneres Gleichgewicht und seine Selbstsicherheit schon zurückgewonnen hatte, antwortete mit einem süffisanten Grinsen: „Leider wird der Bericht bei Ihnen genauso kurz wie bei Ihren Kollegen, Herr Kommissar. Ich war beim Fernsehen, die Fernbedienung fiel mir runter, ich bückte mich, und dann knallte es." – „Haben Sie in den Tagen vor dem Angriff irgend etwas Verdächtiges bemerkt? War etwas anders als sonst? Hat öfter das Telefon geklingelt, und es war dann keiner dran?" – „Ja, das stimmt. Das ist vor einiger Zeit ungewöhnlich oft passiert." – „Herr Ürküs", Meyer schnäuzte sich geräuschvoll, „gab es in letzter Zeit irgend einen ungewöhnlichen Streit oder Konflikt mit irgend jemandem?" – „Nein, eigentlich nicht...Doch, da war was. Aber das kann eigentlich nichts damit zu tun haben." –

„Herr Ürküs, Sie müssen uns über alle Vorfälle informieren, auch wenn sie Ihnen noch so unbedeutend erscheinen." – „Ja, da ist etwas vorgefallen bei einer Lesung, die ich neulich hatte. Da hat einer gegen mein neues Buch gestänkert und ist dann von zwei Ordnungshütern rausgeschmissen worden."

Am nächsten Tag sprachen Meyer und Dugenhubel in der Buchhandlung von August Rawens vor. August jonglierte diesmal nicht mit einem Bücherstapel, sondern telefonierte gerade mit einem Verlag. Er beendete das Telefongespräch und sagte: „Bitte schön, was kann ich für Sie tun?" – „Meyer von der Kripo, das ist mein Kollege Dugenhubel." Dugenhubel zerrte nervös an seiner zu kurzen Krawatte und sagte: „Kein Thema." „Herr Rawens", sagte Meyer, „hatten Sie neulich Streit mit Herrn Ürküs?" August wusste nicht so genau, woher der Wind wehte, aber eins war ihm instinktiv klar: Der Name „Heinrich Süperkrüper" durfte bei diesem Gespräch unter keinen Umständen fallen.

„'Streit' ist vielleicht nicht das richtige Wort", sagte August und überlegte fieberhaft, wie er die Sache glaubhaft darstellen konnte, ohne auf Heinrich zu sprechen zu kommen. „Ich war in seiner Lesung und hielt es für angebracht, darauf hinzuweisen, dass seine Bücher grottenschlecht sind und dass ich ihn des Plagiierens verdächtige." – „Von wem schreibt er ab?" – „Darüber bin ich mir auch noch nicht im Klaren, aber ich werde es herausfinden." -

„Gut, Herr Rawens, das war erstmal alles, was ich von Ihnen wissen wollte. – Dugenhubel, Sie nehmen dann gleich mit Herrn Rawens ein Protokoll auf." – Dugenhubel verdrehte die Augen, sagte aber: „Kein Thema."

Einen Tag später war das ungleiche Paar bei Heinrich Süperkrüper. Meyer hustete und nieste in altbekannter Manier.

Heinrich wäre fast ohnmächtig geworden vor Schreck, als die Beamten ihm eröffneten, weswegen sie gekommen waren. „Meine Herren, darf ich einen Schluck trinken auf den Schreck?" – „Kein Thema", sagte Dugenhubel. Meyer, der schon wieder das Taschentuch vor der Nase hatte und nicht sprechen konnte, nickte nur mit dem Kopf. Heinrich goss sich einen Whiskey ein. „Wollen Sie auch einen?" – Beide schüttelten den Kopf. „Nein, danke, wir sind im Dienst." Heinrich fragte sich gerade, wie sie so schnell auf ihn gekommen waren, als er wie von ferne hörte: Wir sind zu Ihnen gekommen, weil Sie der einzige Familienangehörige sind." - „Was?!" – „Sie sind doch Heinrich Süperkrüper, der Sohn von Friedrich Süperkrüper, geboren am 19.04.1919?" – „Ja." – „Dann gucken Sie sich jetzt mal die Geburtsurkunde von Joe Ürküs an! – Vater: Friedrich Süperkrüper, geboren am 19.04.1919."

Heinrich hatte seinen Vater kaum gekannt. Als er 4 Jahre alt gewesen war, hatte seine Mutter sich scheiden lassen und danach selten von ihrem Exehemann gesprochen. Heinrich hatte irgendwann beiläufig erfahren, dass sein Vater in eine andere Stadt gezogen sei, dort wieder geheiratet und mit seiner neuen Frau ein Kind bekommen habe.

Als er sich jetzt den Namen „Joe Ürküs" ansah, fiel es ihm plötzlich wie Schuppen von den Augen: Süperkrüper Junior hatte sich aus den rückwärts gelesenen Anfangssilben der beiden Namenshälften ein Pseudonym gebastelt: „Süperkrüper – Sükrü – Ürküs." Aus „Johannes" war „Joe" geworden.

Heinrich konnte der Kriminalpolizei glaubhaft versichern, dass er von der Existenz seines Bruders nichts gewusst hatte.

Der gemeinsame Vater, der seit vielen Jahren tot war, hatte es nicht für nötig gehalten, seine Söhne miteinander bekannt zu machen, und Joes Mutter hatte nach dem Tod ihres Mannes ebenfalls keinen Kontakt zu dessen erster Frau und ihrem Sohn aufgenommen.

In den meisten Fällen werden solche Überraschungsverwandtschaften beim Tod des gemeinsamen Vaters offenbar, wenn es um die Erbangelegenheiten geht, aber da Joe Ürküs von seinem Vater alles erbte und Heinrich von dessen Tod gar nichts erfuhr, musste in diesem Falle erst der Mordversuch passieren, um die beiden Brüder zusammenzubringen.

Beide waren nicht erfreut über die neue Verwandtschaft. Heinrich hatte in seinem Einsiedlerdasein keinen Platz für Verwandte, und Joe war so intensiv damit beschäftigt, sein Leben zu gestalten, dass er keine Zeit hatte, sich um irgendwelche Verwandten zu kümmern, und tauchten sie auch auf noch so mysteriöse Art und Weise plötzlich auf.

Heinrich, der inzwischen sichere Nachricht hatte, dass der Spezialist mit dem halben Honorar
einverstanden war und keinen zweiten Versuch unternehmen würde, war fest entschlossen, seinen neuen Bruder nicht über die mysteriösen Hintergründe des Mordanschlags zu informieren. Genauso fest war er aber auch entschlossen, das Problem der unangenehmen Schriftstellerkonkurrenz, das ja nicht gelöst, sondern, im Gegenteil, komplizierter geworden war, anders anzugehen. Nie wieder würde er versuchen, das Problem mit Gewalt zu lösen.

Die Polizei hatte die Wohnung, von der aus der Spezialist operiert hatte, gefunden und, nach der Analyse der Schussrichtung, als möglichen Standpunkt des Schützen identifiziert, doch da der Spezialist keine Spuren zu hinterlassen pflegte, half ihr dieser Fund nicht weiter.

Der Spezialist verhielt sich so wie nach jeder Aktion, ob

erfolgreich oder nicht: Er verschwand spurlos.

Irgendwann überwand Heinrich sich und tauchte bei seinem Bruder auf. Joe Ürküs war äußerst reserviert und sagte: „Nehmen Sie es mir nicht übel, Herr Süperkrüper, wenn ich Ihnen jetzt nicht um den Hals falle und 'Brüderchen' schluchze, aber für mich hat sich durch die überraschende Eröffnung der Polizei nichts geändert." – „Völlig Ihrer Meinung", antwortete Süperkrüper, der sich schon das Horrorszenario einer Umarmungsszene ausgemalt und krampfhaft überlegt hatte, wie er dem entgehen könnte. Heinrich hasste Umarmungsszenen zwischen Leuten, die überhaupt keine freundschaftlichen Gefühle füreinander hegten und zwischen denen es ein Händedruck auch getan hätte. – „Ich bin nicht gekommen, um Familienidylle zu heucheln", sagte er, „ich bin geschäftlich hier. Ich wollte Ihnen einen Vorschlag machen: Wie wäre es, wenn wir das nächste Buch zusammen schreiben würden? Das heißt: Ich schreibe es, wir lassen es unter unser beider Namen erscheinen, und Sie vermarkten es." – „Wollen Sie damit sagen, dass ich nicht schreiben kann?" brauste Joe auf. – „Nein", log Heinrich, „ich will damit nur sagen, dass Sie offensichtlich ein Vermarktungsgenie sind. – Jedenfalls legt die Bestsellerliste diese Vermutung nahe." – Joe grinste unverschämt: „Das wurmt Sie wohl, dass ich da ständig drauf bin, und Sie nie." Er würde ihm das Bestsellerlistengeheimnis nicht verraten, dachte er bei sich und ahnte nicht, dass Heinrich es längst kannte.

Kommissar Meyer saß in seinem Arbeitszimmer auf dem Polizeipräsidium und grübelte: Irgendetwas hatte er bei dem Fall Ürküs übersehen. Er wusste nur nicht, was. Dann fiel ihm die Aussage von August Rawens wieder ein: Rawens hatte Ürküs verdächtigt, von einem anderen Schriftsteller abgeschrieben zu haben. – „Dugenhubel", rief Meyer, suchen Sie doch mal das Protokoll von der Vernehmung Rawens heraus!" – „Kein Thema", antwortete Dugenhubel und kam zwei Minuten später mit dem Protokoll an. – Aha, da war es ja. „Von wem schreibt er ab?" hatte Meyer gefragt, und Rawens hatte geantwortet: „Darüber bin ich mir auch noch nicht im Klaren, aber ich werde es herausfinden." – Vielleicht hatte er es inzwischen herausgefunden. Und man müsste andere Besucher der Lesung befragen.

Zwei Tage später waren Meyer und Dugenhubel wieder bei August Rawens. Meyer hustete und nieste zur Abwechslung diesmal nicht, sondern war nur vollkommen heiser. – „Dugenhubel", röchelte er, „heute müssen Sie das Gespräch führen." – „Kein Thema", schnarrte Dugenhubel und richtete seinen Blick auf Rawens. „Herr Rawens, haben Sie schon herausgefunden, von wem Ürküs abgeschrieben hat?" – „Nein", log August und merkte selbst, dass sein Gesicht bis zum Haaransatz knallrot wurde. – „Herr Rawens, wir haben mit anderen Besuchern der Lesung gesprochen, auf der Sie Ürküs angegriffen haben, und diese Leute bezeugen übereinstimmend, dass der Name 'Süperkrüper' gefallen sei." – „Daran kann ich mich nicht erinnern", konterte Rawens noch lahm, aber er merkte schon, dass er verloren hatte und gab auf: „Ja, es stimmt: Ürküs hat von Süperkrüper abgeschrieben."

Der Abschreiber Ürküs saß derweil schon wieder mit seinem neuen Bruder Süperkrüper zusammen. Inzwischen war bei beiden die anfängliche Abneigung einem aufgeschlossenen Interesse gewichen, und nach einem langen Abend mit viel Alkohol hatten sie beschlossen, sich zu duzen und das nächste Buch gemeinsam zu schreiben.

Auch über den gemeinsamen Vater tauschten sie sich aus, und Heinrich, der ihn kaum gekannt hatte, ließ sich von Joe erzählen, dass der Alte ein brummeliger alter Sack gewesen sei, der sich um seine Familie einen Scheißdreck gekümmert habe. Keiner habe ihm bei seinem Tode eine Träne nachgeweint.

Da Joe jetzt dauernd bei Heinrich auftauchte, ließ es sich nicht vermeiden, dass er auch Erika häufiger begegnete. Beide einigten sich stillschweigend darauf, ihren One-Night-Stand als einmalige Episode zu betrachten, von der Heinrich nichts zu erfahren brauchte.

Eines Tages tauchten Meyer und Dugenhubel bei Heinrich Süperkrüper auf, und siehe da, wer war bei ihm? – Joe Ürküs. – „Ach, das passt ja prima, dass wir Sie beide zusammen antreffen. Wir haben nämlich an Sie beide dieselbe Frage." – „Welche?" fragten beide wie aus einem Mund. – „Herr Ürküs, haben Sie von Herrn Süperkrüper abgeschrieben?" – „Nein", antworteten wieder beide wie aus einem Mund. „Herr Süperkrüper, haben Sie noch einen zweiten Raum, in dem man sich ungestört unterhalten kann?" – „Ja, natürlich." – „Dugenhubel, dann gehen Sie mal mit Herrn Ürküs nach nebenan, und ich unterhalte mich weiter mit Herrn Süperkrüper." – „Kein Thema", kam es erwartungsgemäß aus dem Mund von Dugenhubel.

Die getrennte Befragung erbrachte nicht den gewünschten Erfolg. Beide, Süperkrüper und Ürküs, sagten übereinstimmend aus, dass sie das nächste Buch gemeinsam schreiben wollten und dass er, Ürküs, sich auch schon bei seinem letzten Buch, „Die Henne und das Ei", von Süperkrüper habe beraten lassen.

Als die Polizei weg war, begannen sie mit den Planungen für ihr gemeinsames Buch. – „Wir schreiben einfach unsere Geschichte auf", schlug Süperkrüper vor. – „Einverstanden", sagte Ürküs. Der Titel war schnell gefunden: „Den Schuss nicht gehört."

Und hier ist die Geschichte:

„Es waren einmal zwei Brüder, die hießen Heinrich und Johannes. So weit, so gut. Das ist nichts Ungewöhnliches. Das Ungewöhnliche war, dass die beiden Brüder nichts voneinander wussten. Heinrichs Mutter war alleinerziehend, und Heinrich wusste nur, dass seine Mutter sich hatte scheiden lassen, als er vier Jahre alt gewesen war.

Johannes' Mutter, die zweite Frau von Heinrichs Vater, war praktisch auch alleinerziehend, aber aus einem anderen Grund. Sie war nicht geschieden. Ihr Mann war nur selten zu Hause. Um die Erziehung seines Kindes kümmerte er sich herzlich wenig. Er war beruflich viel unterwegs und scheute bei seinen Aushäusigkeiten vor amourösen Abenteuern nicht zurück, sodass er wahrscheinlich irgendwann seine zweite Frau genauso mit dem Kind alleingelassen hätte wie seine erste, wenn nicht etwas dazwischengekommen wäre. Ein Herzinfarkt raffte ihn dahin, peinlicherweise in den Armen seiner damaligen Geliebten. Seine zweite Frau und sein Sohn Johannes, der inzwischen zehn Jahre alt war, weinten ihm keine Träne nach.

Die beiden Brüder, die voneinander nichts wussten, hatten, außer dem gemeinsamen Vater, noch eine Gemeinsamkeit: Sie wuchsen beide ohne selbigen auf. – Damit waren die Gemeinsamkeiten erschöpft. Die beiden waren gegensätzlich, wie man sie sich gegensätzlicher nicht vorstellen könnte. Johannes war schon als Dreizehnjähriger ein schlaksiger Bengel von 1.80, Heinrich, sieben Jahre älter, hatte zu der Zeit schon sein Wachstum eingestellt und war bei 1.69 stehen geblieben. Heinrich hatte inzwischen sein Abitur gemacht und fing an fürs Lehramt zu studieren. Johannes hatte mit Schule nichts im Sinn, musste das Gymnasium verlassen und begann, sobald er der Schulpflicht entwachsen war, ein freies und ungebundenes Leben zu führen. Er war viel unterwegs, lernte dauernd neue Leute kennen und hatte viele Freunde. Nach kurzer Zeit verlor er diese Freunde aus den Augen, merkte das aber kaum, weil er inzwischen schon wieder neue Freunde gefunden hatte. Mit den Frauen ging es ihm genauso. Kaum war er mit einer zusammen, verlor er das Interesse an ihr und – ruck zuck – hatte er schon wieder eine andere.

Heinrich studierte in Münster. – Eine tolle Stadt. Wo früher einmal die Stadtmauer gewesen war, umschloss eine Promenade die Altstadt, auf der sich Fußgänger und Radfahrer tummelten. Die absolute Herrschaft über die Stadt hatten die Radfahrer. Alle Wege, Straßen und Bürgersteige der Stadt wurden von ihnen befahren, und zwar in einem affenartigen Tempo. Ein Münsteraner Radfahrer bremste selten und klingelte oft, und ehe der Fußgänger es sich versah, war der Radfahrer auch schon wieder weg. Für die Beschaffung der Fahrräder gab es zwei Möglichkeiten:

Entweder Kauf oder Diebstahl. Der Fahrraddiebstahl war so gang und gäbe, dass die Polizei, wenn man ihr einen solchen meldete, nur müde lächelte und sagte: 'Wem noch kein Fahrrad gestohlen worden ist, der kann noch nicht länger als zwei Wochen in Münster wohnen.'

Johannes, der sich mit Händen und Füßen dagegen wehrte, jemals wieder eine Schule zu betreten, musste nun doch wieder die Schulbank drücken, weil er im Rahmen der Tischlerlehre, die er begonnen hatte, die Berufsschule besuchen musste. Sowohl in der Berufsschule als auch in seiner Lehrwerkstatt kriegte er alsbald Schwierigkeiten, weil er sich nie etwas sagen ließ und alles besser wusste. Morgens, wenn er zur Arbeit musste, kam er nicht aus dem Bett. Um 6.55 Uhr sauste er dann los und wurde um 7.05 Uhr von seinem Chef mit 'Mahlzeit!' begrüßt. – Ein halbes Jahr später war das Experiment 'Tischlerlehre' für Johannes beendet.

Heinrich studierte Russisch und Geschichte. Die Slawistik war in Münster in einem alten Gebäude neben dem Fürstenberghaus untergebracht, mitten in der Stadt, gleich neben dem Bischöflichen Generalvikariat und schräg gegenüber dem Dom. Später zogen die Slawisten um in das Gebäude der LVA, etwa zweihundert Meter von dem ersten Standort entfernt, gegenüber dem ehemaligen Gebäude der Universitätsbibliothek, in das jetzt die Juristen eingezogen waren. Heinrich half beim Umzug der Bibliothek des Slawisch – Baltischen Seminars mit. Die Mitarbeiter des Umzugsunternehmens, das angeblich Spezialist in Bibliotheksumzugsangelegenheiten war und auch den Umzug der Unibibliothek in ihr neues Gebäude bewerkstelligt haben sollte, warfen sich die Bücher zu mit den Worten: 'Hier hast du schöne grüne.'

Heinrich hatte die Aufgabe, die Kartons, in die die Bücher wanderten, zu beschriften. Beim Auspacken der Bücher an ihrem neuen Standort brach das Chaos aus. Nichts stimmte mehr, ein einziges Durcheinander, und es dauerte Tage, bis wieder alles geordnet war.

Johannes, der in verschiedene Ausbildungs- und Arbeitsverhältnisse kurzfristig reinroch, hatte inzwischen festgestellt, dass er beim weiblichen Geschlecht mit seiner oberflächlichen, unverbindlichen Art gut ankam. Das wollten die Mädchen haben: Einen Strahlemann, der überall mit von der Partie war und jeden kannte. Dass er es schulisch und beruflich nicht brachte, interessierte sie überhaupt nicht. – Hauptsache, er war immer gut gelaunt und konnte sie gut unterhalten.

Für einen solchen Mann von Welt war natürlich der Name 'Johannes' völlig unangemessen. Deshalb nannte er sich jetzt 'Joe'.

Heinrich befand sich mitten in seinem Studium und freundete sich mit einer Studentin an, die ihm anfangs nur gelegentlich über den Weg lief. Dann traf man sich öfter – in der Bibliothek, in der Mensa, bei Studentenparties. Bald wurde mehr daraus, und irgendwann machte Heinrich Erika einen Heiratsantrag. Obwohl damals auch schon der Spruch, 'Wer zweimal mit derselben pennt, gehört schon zum Establishment', in Studentenkreisen die Runde machte und Rainer Langhans und Fritz Teufel schon mit Uschi Obermaier in der Kommune 1 ein freies, von spießbürgerlichen Zwängen befreites Leben führten, galt für das

Normalpaar immer noch die Regel: Ohne Trauschein keine Wohnung. Heinrich und Erika kriegten ihren Trauschein und ihre Wohnung.

Joe musste die Erfahrung machen, dass das Playboyleben teuer ist. Irgendwie musste es finanziert werden. Und da ehrliche Arbeit als Finanzquelle ausfiel, blieb Joe nichts anderes übrig, als das Angenehme mit dem Nützlichen zu verbinden: Er lernte, das Geld, das er mit den leichten Mädchen verschwenden wollte, den soliden Mädchen, die ihm vertrauten und alles für ihn hergaben, aus der Tasche zu ziehen. Gelegentlich kam es zum Eklat, wenn sich Geldgeberin und Geldnehmerin zufällig über den Weg liefen, aber meistens funktionierte die Sache reibungslos.

Heinrich hatte inzwischen sein Studium beendet und fing mit der Referendarausbildung fürs Gymnasium an. Sein Fachleiter in Russisch war ein ehemaliger Stalingradkämpfer und Spezialist für die Ausbildung junger Russischlehrer. Von Pädagogik und vom Umgang mit Lehramtsanwärtern hatte er keine Ahnung, aber seine Stalingradgeschichten waren gut. Adenauer hatte ihn damals bei seiner Moskauaktion aus der Gefangenschaft geholt, und nach diesem Schicksalsschlag meinte er, Russisch studieren und Fachleiter für Russisch werden zu müssen. Hätte er es mal lieber gelassen!

Jedenfalls musste Heinrich später feststellen, dass er in der Referendarausbildung alles Mögliche gelernt hatte, nur nicht das, was er später als junger Studienrat zur Anstellung am Gymnasium können musste.

Joe hatte wieder mal eine Idee, wie man mit wenig Arbeit viel Geld verdienen könnte: Man müsste Bestsellerautor werden. Wie der Name schon sagt: Es geht um den Verkauf der Bücher. - Ob sie gelesen werden, interessiert keine Sau. Das heißt: Wenn es, wie auch immer,

einem Autor gelingen sollte, mit seinem Buch auf der Bestsellerliste zu landen, wäre das für den potenziellen Käufer eine Motivation, dieses Buch zu kaufen. Das heißt, die Bestsellerliste reproduziert sich selbst. Was Joe noch nicht durchschaut hatte, war die Frage, wieso manche Bücher sich dreißig Wochen auf Platz 1 der Bestsellerliste hielten und andere nach drei Wochen wieder von der Liste verschwunden waren. Eine Zeit lang kam gleich nach Hape Kerkeling, 'Ich bin dann mal weg', Joachim Fest, 'Ich nicht'. Aber, entgegen dem Versprechen, war Fest dann weg von der Liste, und Kerkeling war immer noch da, bis er vom Papst mit seinem Jesusbuch auf Platz 2 verwiesen wurde.

Heinrich trat seine Stelle als Studienrat zur Anstellung an einem Gymnasium an, das gerade in ein Schulzentrum umgezogen war. Die Schulleiterin des alten Gymnasiums, deren Ausscheiden aus dem Schuldienst mit dem Umzug zusammenfiel, hielt es für richtig, Heinrich gar nicht über den Umzug zu informieren.

Das erste Jahr an der neuen Schule war für Heinrich eine Tortur. Die Kollegen kümmerten sich nicht um ihn, und die Schüler schikanierten ihn. Der Satz über die Kollegen stimmt nicht ganz. Ein Kollege war eine rühmliche Ausnahme von der Regel und unterstützte Heinrich, wo er konnte.

Im Geschichtsunterricht versuchte Heinrich den Schülern zu erklären, dass die DDR nach dem Grundlagenvertrag von 1972 das Problem hatte, sich verstärkt von der Bundesrepublik abgrenzen zu müssen. Deshalb änderte sie 1974 ihre Verfassung: Aus 'Die DDR ist ein sozialistischer Staat deutscher Nation' wurde, 'Die DDR ist ein sozialistischer Staat der Arbeiter und Bauern.' Die DDR – Hymne, in der es ja hieß 'Deutschland, einig Vaterland', wurde ab sofort nicht mehr gesungen, und es wurde nur noch die Instrumentalversion benutzt. Schülerfrage: 'Mit welchem Text?'

Thema 'Ermächtigungsgesetz': Nachdem die meisten Schüler gelernt hatten, das 'Ermächtigungsgesetz' von der 'Reichstagsbrandverordnung' zu unterscheiden, versuchte Heinrich ihnen klarzumachen, dass zur Inkraftsetzung des Ermächtigungsgesetzes eine Zweidrittelmehrheit der Abgeordneten des Reichstags notwendig war. Es mussten also auch Abgeordnete der Opposition zur Zustimmung überredet werden. 'Was meint ihr', fragte Heinrich seine Schüler, welcher spätere Bundespräsident dem Ermächtigungsgesetz zugestimmt hat?' – Schülerantwort: 'Johannes Rau'.

Eine Gesamtschullehrerin, der Heinrich diese Geschichte erzählte, sagte darauf: 'Ach, das ist ja noch hochintellektuell, auf das Stichwort 'Bundespräsident' hin den Namen 'Johannes Rau' zu nennen. - Ich habe meine Schüler gefragt, welchen Ozean man überqueren muss, wenn man von Afrika nach Australien will, da hat einer geantwortet: 'Über Mülheim'.

Als Russischlehrer machte Heinrich auch so seine Erfahrungen. Er hatte sich angewöhnt, den Begriff 'Fremdsprache' in 'fremdbleibende Sprache' zu ändern, denn die russische Sprache war den Schülern nach mehreren Jahren

Unterricht immer noch fremd. Einige besonders beratungsresistente Schüler stießen sogar beim Alphabet nach Jahren noch gelegentlich auf Unbekannte.

Bei einer Kursfahrt nach Leningrad (heute wieder 'St. Petersburg') wurden einige von Heinrichs Schülerinnen von einem Russen angesprochen. Ihre Antwort lautete: 'Moment, wir holen einen.' – Dieser 'Eine' war Heinrich, der dann die sprachliche Verbindung herstellen musste.

Joe bemühte sich weiterhin erfolglos um den Aufstieg in die Bestsellerliste. Er hatte schon mit dem Gedanken gespielt, selbst eine Bestsellerliste zu erfinden und sich darauf an günstiger Stelle unterzubringen. Den Gedanken verwarf er aber wieder."

Zwischen den Arbeiten für das neue Buch führten Heinrich und Joe Gespräche über die vielen Dinge, die sie inzwischen verbanden, und über die Dinge, die sie noch nicht voneinander wussten.

„Warum hast du eigentlich den Lehrerjob aufgegeben?" fragte Joe. – „Ich hatte keine Lust mehr, Schnapsideen in die Praxis umzusetzen, die sich Leute ausdenken, die noch nie eine Schule von innen gesehen haben", antwortete Heinrich. „Seit die Pisastudie aufgedeckt hat, dass die deutschen Schüler doof sind, kommt ein Reformvorschlag nach dem anderen, und keiner packt das Übel bei der Wurzel. – Begrenzung der Schülerzahl auf 20 pro Klasse, Aufnahmeprüfung vor der Übernahme ins Gymnasium, Firlefanz wie Praktikum und Projektwoche abschaffen und die Schulbücher von den Schülern bezahlen lassen – und schon wäre wieder erfolgreicher Unterricht am Gymnasium möglich. – Aber Joe, mal was anderes: Wir sollten den Lesern schon verraten, dass du dich in die Bestsellerliste eingekauft hast."

Joe fiel aus allen Wolken: „Du hast das gewusst?"

Sie einigten sich dann darauf, es doch nicht zu verraten, um eine eventuelle strafrechtliche Verfolgung Joes zu vermeiden. Heinrich, der daran dachte, was er alles zu verheimlichen hatte, konnte mit diesem Kompromiss gut leben.

Und so geht die Geschichte weiter:

„Irgendwann glaubte Joe herausgefunden zu haben, wie die Bestsellerautoren auf die Liste kamen, ahmte ihren Stil nach, und siehe da, eines Tages hatte er es geschafft und erschien auch auf der Liste.

Heinrich, dem es zuwider war, den Stil anderer Leute nachzuahmen, blieb bei seinem Stil und fand sich trotzig damit ab, dass seine Bücher keiner kaufte.

Heinrich schrieb nicht nur Bücher, sondern er las auch gerne welche. Noch viel lieber kaufte er welche, denn, wie gesagt, nicht jedes Buch, das verkauft wird, findet auch einen Leser, sonst würde die Bestsellerliste ja „Bestreaderliste" heißen. Auch Antiquariate und Flohmärkte klapperte er ab, immer auf der Suche nach einem interessanten Buch. Genauso ging es dem Buchhändler August Rawens. August, der seine 1.97 Körperlänge nicht völlig unter Kontrolle hatte, besuchte einen Flohmarkt und diskutierte gerade mit dem Buchverkäufer über Qualitäten und Preise der Flohmarktbücher. Er wollte seinem Gesprächspartner gerade irgend etwas Wichtiges erklären und fuchtelte zu diesem Zwecke mit seinen - selbst für seine Körpergröße – zu langen Armen in der Luft herum. Dabei traf seine Rechte einen Passanten. Der Passant war

Heinrich. Aus diesem Zusammenstoß entstand eine tiefe Freundschaft, und zwar während Augusts Krankenhausaufenthalts, der durch Heinrichs Revancheschlag nötig geworden war. Heinrich besuchte August jeden Tag im Krankenhaus, und die beiden unterhielten sich stundenlang über Bücher.

Nach der Genesung gewann August in seiner Buchhandlung einen Stammkunden dazu.

Joe, der inzwischen Bestsellerautor geworden war, aber noch keinen Deut besser schrieb als vorher, geriet unter zunehmenden Zeitdruck. Er gab mehr Geld aus als er verdiente und war darauf angewiesen, dass sein Verlag ihm Vorschüsse für noch zu schreibende Bücher zahlte. So geriet er auf der Suche nach Vorlagen auch an Heinrichs Roman „Das ungelegte Ei". Man kann nicht sagen, dass Joe Heinrichs Buch abschrieb. Dafür ging er zu geschickt vor. Er übernahm die Idee im Groben und gestaltete sie im Einzelnen neu.

Der schlaue August Rawens, der auch ein Bücherwurm war und fast alle Bücher in seinem Laden gelesen hatte, durchschaute diese Technik und informierte Heinrich darüber.

Joe hatte in letzter Zeit so ein komisches Gefühl, dass ihn jemand beobachtete. Er sah nie jemanden, aber manchmal war ihm, als spürte er einen stechenden Blick im Nacken. Er bekam auch öfter Anrufe, die dann doch keine Anrufe waren. So wie der Anrufbeantworter die Anrufe nicht beantwortet, so rief bei den Anrufen, die Joe in letzter Zeit öfter bekam, niemand an. Es fehlte eigentlich nur der Piepton und eine Stimme, die sagte: 'Ätsch, Sie haben gar keinen Anruf.'

Eines Abends, als die Tagesschau gerade zu Ende war und Joe sich nach der Fernbedienung bückte, die ihm wegen leichter Müdigkeitserscheinungen aus der Hand gerutscht war, hörte er vom Fenster her ein ungewöhnlich heftiges Geräusch. Über seinen Kopf hinweg ging ein scharfer Luftzug. Joe ließ sich einfach zu Boden fallen und blieb da erstmal liegen. Als weiter nichts geschah, stand er vorsichtig auf und ging zum Fenster. Das Loch war nicht zu übersehen. – Irgend jemand hatte auf Joe geschossen.

Die herbeigerufene Polizei stellte ihre unvermeidlichen Fragen: Mögliche Feinde, Besonderheiten im familiären und beruflichen Umfeld. – Kein familiäres Umfeld. – 'Na bitte, da haben wir doch schon eine Besonderheit', sagte der ermittelnde Beamte. 'Wieso? – Kommen Sie vom Mars?' – 'Ich bin das einzige Kind meiner Mutter, die inzwischen, wie schon vor längerer Zeit mein Vater, verstorben ist, und Geschwister meiner Eltern sind mir nicht bekannt.' – 'Na, dann geben Sie uns mal Ihre persönlichen Daten, damit wir uns auf die Suche machen können.'

Zwei Tage später war die Polizei wieder da. 'Der Schriftsteller Heinrich Süperkrüper ist Ihr Bruder.' – 'Ach du Scheiße, ausgerechnet der!' – 'Wieso? – Was soll das heißen?' – 'Nee, nee, ist mir nur so rausgerutscht.'

Daraufhin trafen sich die beiden Brüder, die sich gar nicht gekannt hatten, und das Ergebnis ist diese Geschichte."

Peter Lindenthal wunderte sich, dass auf seinem Konto noch keine neue Überweisung von Joe Ürküs eingetroffen war. Beim Studieren der Bestsellerliste fiel ihm auf, dass dort ein Buch von Süperkrüper & Ürküs auftauchte, mit dem Titel: „Den Schuss nicht gehört".

Durch seine Zusammenarbeit mit Joe kam Heinrich jetzt auf die Bestsellerliste, und Joe schaffte den Sprung auf die Liste jetzt ohne die Nachhilfe von Peter Lindenthal. „SÜ & Ü", wie man sie jetzt überall nannte, waren in aller Munde, und ihr Buch „Den Schuss nicht gehört" kletterte auf Platz 1 der Bestsellerliste.